我在夢裡創造了這個世界，
而我自己也在夢裡——

夢裡尋夢

序幕

夢者之歌——張書勤

啊，人哪，留神啊，
幽深的夜在訴說什麼？
我睡了，我睡著了——
我從深沈的夢中驚醒——

我聆聽著尼采的〈夢者之歌〉，馬勒為它譜了曲，在第三號交響曲的第四樂章裡。

我聆聽著，思緒隨之沈入了深之又深的夜。

但思緒有時也會飛起，無端無涯地飛，有幾次它飛到了四十年前的時空——

那是我的大學時代，我常站在宿舍的走廊向外觀看，看什麼呢？就只是矇矇地看著，發著呆。

在走廊外的人行步道上，偶或出現一個匆匆來去的身影，那身影有時卻拖著腳步，徐徐而行，似陷入沈思，似在夢裡——令我迷惑。

四十年後，我與這人有緣成為心靈之友，我驚嘆於其人靈魂的多重，它有時輕盈，有時沈重，它陷落在世間的泥沼裡，憤怒，蔑視現實，作著夢，孤獨地走在人行道上，遍體傷痕——

My friend must be a Bird——

我的朋友必然是一隻鳥——

Because it flies!

因為它會飛！

Mortal, my friend must be,

一具凡軀，我的朋友必然是，

Because it dies!

因為它會死！（衰朽）
Barbs has it, like a Bee!
它有刺，像一隻蜂！
Ah, curious friend!
啊，奇特的朋友！
Thou puzziest me!
你讓我迷惑！

（狄菫生詩集，第92首）

現在，我們俱已步入了衰朽之年，乃從容地收拾起半生的疲憊，讓生命開花；我的朋友編織了十八個夢境，十八朵奇葩，在這帷幕之後，當幕啟之時，您將進入夢的祕境，展開一場又一場靈魂的探索——

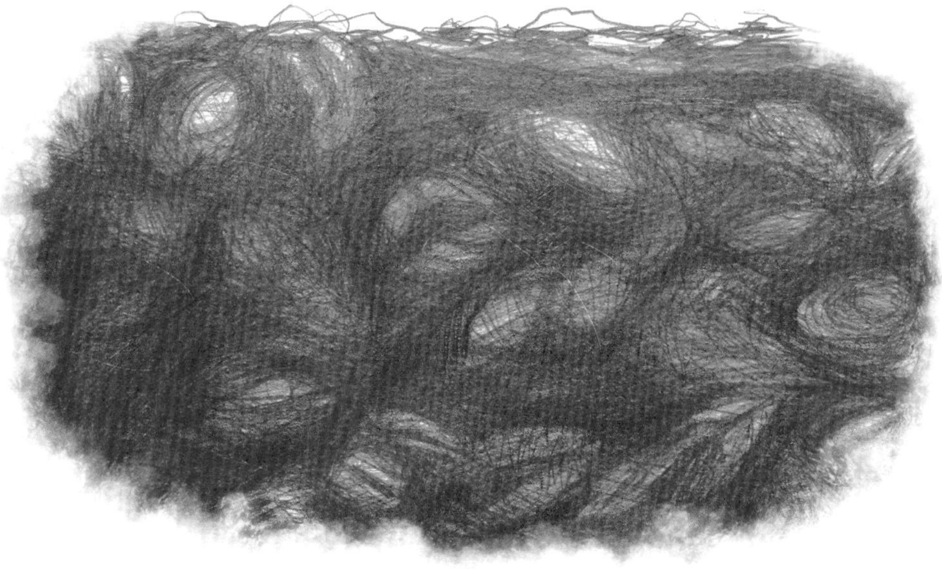

夜深沈——

高琴鎮沒入在黑暗裡，遠處近處幾莖燈火明明滅滅，這時候，鎮上唯一的旅店尚未打烊，門虛掩著，店主人在櫃台後打著盹。

將近三更時，呀的一聲，虛掩的門被推開了，隨著一陣寒風，一位中年人一腳跨了進來，店主人倏地驚醒，睜開昏沈的雙眼，望著眼前這位身著青衫、斜背長劍、滿臉疲憊的來客，他似怨非怨地說：

「唉唷！您終於來了，我原本以為——」

「我連趕了三天的路，現在尚未到三更呢，我何曾約而不至呢？」這青衫劍客冷冷地說。

「是、是、是，您說的是，仍然為您留著，天字第一號客房，您累了，請早些休息吧。」店主人立刻轉為笑臉，雙手恭敬地奉上一塊木製的門號牌。

這人取了號牌，如入自己家宅似地，左轉右轉，穿堂入室，沒幾步就走到了天字第一號客房；這些年來，每逢此日，他必在這鎮上唯一的旅店住上一宿，為的是明日鎮上的廟會，離開的當日，必向旅店預定明年同日同一間房。

這乃是個謎——

名聞遐邇的青衫劍客，為什麼年年不辭跋涉之苦趕赴小鎮的廟會？是專程來此湊這個熱鬧？抑或另有它故？無人知曉；當他初次出現在高琴鎮時，旅店主人曾經問過他，那時只見他皺眉深思良久，並未作答，或許連他自己也不知其究竟吧？

這會兒，他站在房門口，望著懸在門楣上「天字第一號」牌匾，與自己流傳在外的雅號「天下第一劍」還頗為相稱呢，思及此臉上不覺露出一縷笑意。

推開房門，在燭火的映照下四下打量著，店家整理得頗為雅潔有緻，他解下身後的長劍，吹滅燭火，擁劍和衣倒床便睡，三日來的長途奔波，令他很快便沈入了夢鄉。

第二天，遲至日上三竿，他才被街上的喧鬧聲吵醒，出於劍客的直覺，他從床上一躍而起，手攜長劍，快步衝了出去。

呵！這街上人山人海的一片喧嘩聲，令他納悶不解的是：眾人皆分站在街道兩側，交頭接耳議論紛紛，似有什麼非比尋常的大事？

劍客忍不住好奇，略施了一招拳腳功夫中的雕蟲小技「游魚出川」，便輕易地排開了疊疊沓沓的人眾，他站在前排，放眼一望——奇哉！奇哉！距自己約百步之遙，走來一列頗為奇怪的隊伍，為首者是一位滿臉橫肉、體態癡肥的和尚，在和尚身後跟著六、七位呆頭呆腦的小沙彌，有的流著鼻涕，有的長著瘡癤，發出的惡臭凡所經之處無人不掩鼻。

「哪來的野和尚？怎這般形象？」正當劍客暗自嘀咕之際，那胖和尚愈走愈近了，和尚行經劍客，再往前走了兩、三步，突地回轉身，看了劍客一眼，那眼神猶如滔天巨浪，一浪打來，名傾天下青衫劍客的傲氣頓時土崩瓦解了！

劍客心頹氣喪，以顫慄的右手按住劍柄，厲聲質問和尚：「出家人！為什麼用鄙夷的眼神看我？」

那和尚全無畏懼，笑嘻嘻地以右手指心，於此剎那間似有一道閃電直貫腦門，劍客脫口而出：「該留則留！」和尚微笑，深一點頭，再以左手指著路邊一攤穢物，手方出劍客立時應道：「該丟則丟！」和尚再次微笑點頭，正欲舉步離去——

「師父請留步！」劍客在後朗聲喚道。

和尚止步，徐徐回轉身來——

這一看，令劍客驚詫不已，眼前所見是真耶？亦或幻耶？方才那位滿臉橫肉、體態癡肥、令人嫌惡的胖和尚哪裡去了？眼前這位和尚既不肥亦非癡，他靜定祥和，身泛白光，神似昔日寺廟中所見諸佛、諸菩薩摩訶薩的莊嚴法相呢！

見此光景，劍客不禁長揖到地，十分恭敬地說：「我願追隨師父出家，遊化方外。」

「什麼方裡方外，你這人嘛，出不出家都是一樣的。」說完這話，頭也不回地舉步離去了。

那胖和尚，不，是師父，領著小沙彌眾繼續朝向高琴鎮淨居寺行進；高琴鎮雖是小鎮，但鎮上的淨居寺卻是遠近馳名的佛剎，一年一度的廟會即在此處舉行。

劍客呆立在原處，想著師父的臨別之言——「什麼方裡方外，你這人嘛，出不出家都是一樣的。」那話語如同金聲玉振，餘響不斷。

「哼，難道我還不及那幾個呆頭呆腦的小沙彌嗎？」他愈想愈不服氣，索性追上前去再問個明白，但一抬頭，眼前所見卻令他張口結舌、不明所以，小沙彌全不見了，跟在師父身後的盡是些威儀堂皇的僧眾，其數以千計，不知何來？一眨眼間，其數又以萬計，再一眨眼，直如黃河之水浩浩湯湯，無法計數了。

「縱有千山萬水之隔，我也要追問到底！」他把心一橫，提一口真氣，縱身而起——

要知這位青衫劍客不但劍術為天下第一，即連輕功也堪稱當世一絕，這一式「平步青雲」，令他一躍而蹬上某僧之頂，繼之以第二式

「奔馬踏燕」，以足尖輕點眾僧之頂，前行迅疾如電光石火，眾人不及見其身形，但聞颯颯風鳴掠耳而去。

他原以為以此兩式便足以超前逾眾，但舉目望去，前方僧眾仍是如山似海，他暗叫聲不妙，一個念頭疾閃而出——「馮虛御風」？這「馮虛御風」，乃由兩千年前道家真人列御寇所傳，為身心並修之術，若心性未及而強修之，輕則虛耗真元，重者武功盡廢。得勉強而行嗎？正當他舉棋不定之際，忽聞師父的聲音貫耳：

「哈哈！徒兒，要追上我，馮虛御風是不濟事的，除非是無所待的馮虛御空。」劍客一聽，面如灰土，他明白自己空有一身武藝，但究其實也是一個四大假合之凡夫眾生，如何能至馮虛御空之化境？

他重嘆了一口氣，乃收工下地，隨著眾人老老實實地走向淨居寺。

當劍客抵達淨居寺之際，僧眾正魚貫進入淨居寺之大雄寶殿，不費多時，無以計數的僧眾全進了寶殿；這大殿雖曰大殿，其實並不寬敞，平素至多能容五、六十人進殿參拜，但如今進殿的僧眾如山似海，如何能容？劍客不由得好奇心起，與眾人擠至入門處觀看究竟，僧眾濟濟，全在殿上行著大禮，一起一伏間，煙波浩渺，好一個三千大千世界！

而劍客欲跨過門檻進殿，卻一無置足之處。

殿內禮佛竟，以師父為首，一僧接一僧步出寶殿；殿外有一張長條木桌，一杯釅茶在桌，不知為何人所置？師父出殿，順手掀開杯蓋，吓！朝杯裡吐了一口痰，隨後的僧眾依樣而行，直至最後一位吐痰畢，蓋上杯蓋。

出了淨居寺，僧眾在不遠處消失了蹤影。

那晚，劍客破例在旅店續住了一宿，這一天的經歷令他既困惑又疲累，他擁劍和衣倒床就睡，很快便沈入了深之又深的夢鄉。

第二天，遲至日上三竿才幽然醒轉，想起昨日種種，疑是夢境，正恍惚間，聽聞傳自街上的喧鬧聲，他意興闌珊地走出去一探究竟。

「您別問了，快去淨居寺便知！」旅店主人促急地說。

他奔去淨居寺，寺外之長木桌旁蝟集著人眾。

「發生什麼事了？」他問。

「您別問了，掀開杯蓋便知。」那人指著木桌上的茶杯對他說。

啊！那不是被一僧一口吐了痰的茶杯嗎？

他掀開杯蓋，凝目一望——

釅茶成為清水，痰何在？

在清水裡，上下沈浮的是晶瑩剔透的琉璃。

插曲1

出框

牆上掛著一幅紅色的版畫。

「您瞧！這幅版畫……紅色的巨人，用色強烈，線條剛勁，巨人狂野的眼睛挑釁似地睇視著，一副志在掙脫束縛、旋乾轉坤的神態，嘿嘿！我擔心這畫框恐怕框不住他哩！」擁有這幅版畫的主人如此沾沾自喜地對來訪的客人說。

「是啊，畫面中充滿著一種能動的勃發力，而畫框則形成另一種靜制的力量，這幅畫尺寸雖小，但氣勢卻頗為磅礡哩！」

連客人也嘖嘖稱奇。

幾天之後，主人發現這幅版畫的框架居然有些鬆脫變形了。

「也許是因為氣候的緣故吧。」主人嘀咕著，把畫送至裝裱店，重新配製了一副金屬的框架。

兩個禮拜之後，新配好的金屬框架又再度鬆脫變形了，主人無奈，再把畫送至裝裱店。

以後，如此的事一而再、再而三地重演著，主人大惑不解，在仔細觀察了一番之後，他終於發現了一件難以置信的事——

框架中的版畫，正不斷地擴展著自己的尺寸哩！

終於有一天，主人發現那幅紅色巨人的版畫不見了，牆上徒留著一副幾近解體的畫框。

聽到台大圖書館拍賣舊書的消息，我急忙趕去，那時拍賣活動已進行數日了。

拍賣辦法很簡單，是這樣的：來人可自由進入書庫，在浩若煙海的書堆中撈取自己的喜好，然後攜至櫃台估價。

據我往日印象所及，在書庫的一角藏有一批購自歐洲的書籍，其中頗有印刷於十八、十九世紀的珍本古書，不知可有人問津？

我快步走去，待我看到這批歐洲古籍還在書架上原封未動時，不覺鬆了一口氣，心情變得快活起來，但又不免遺憾：與我有同好者少矣。

這批書滿布著塵網，散發著一股濃重的霉味，但就其外觀來看頗足以吸引人，每本書概以牛皮裝面，書名燙金，書側灑著金粉，顯得華貴而高雅；打開書，一頁頁地瀏覽著，雖然紙質粗糙（彼時之造紙術僅及於此），但字體大而古雅，間距寬舒，令人讀之而欲罷不能。

我抽出一本John Locke的*Knowledge and Wisdom*（?），是我所喜愛的口袋書，翻開首頁，查看印刷的年份，啊！此書是第一版，當時作者尚活在人世；我捧它在手裡，左右把玩，簡直愛不釋手，我喜歡言簡意賅的小冊，遠甚於卷帙浩繁的巨著。

沈緬於圖書館的一角，翻閱著一本又一本古意盎然的書，不知不覺間從窗口透進來的陽光愈來愈斜了，書與人終於陷落在昏暗中，我回過神，環顧四週，竟闃無人跡了。

秋天，夜深了。

生命不再蠢動，唯有月在天空行走，水在地面流動。

月光灑淨曠野與森林，又輕緩地走過街巷，流過屋脊，穿過一扇又一扇敞開的軒窗；它出了城鎮，在湖泊、溪流稍一佇足，又繼續移走著，最後停駐於森林邊的一池水塘，月光與塘水交溶，水塘因為圓滿自足而沈靜。

這時候，一對夫妻趁夜走在貫穿森林的小徑上，藉著月光的映照，正可以把這對夫妻看得清清楚楚，丈夫走在前，約三、四十歲，身著長衫，背著行囊，他雖相貌清俊，卻烏雲掩月似的，面現一股掩抑不住的怒意，妻子較年輕，身形瘦削，嘟著嘴，慢吞吞地跟在後面約五步遠，兩人一路走來俱是不發一言。

顯然這不是一對和睦的夫妻。

走出森林，小徑戛然而止，一座古老的宅院橫擋在前，他們得穿過這宅院才能繼續前行，除此別無他路。

夫妻倆略有些猶豫，他們在宅院前張望了一番——

門楣上高懸著一塊橫匾，隱約可見「黃葉居」三個金漆大字，字跡已呈漫漶，但筆力蒼古，不因歲月的浸蝕而稍有減損；門沒有關，兩扇大門迎客似地洞開著，門外人得以略窺門內種種，庭院裡花草扶疏，曲徑通幽，而宅院則是畫棟雕樑，廳堂廂房一進深似一進，想必曾是某位權豪或富紳的居所，如今卻斑剝衰朽，榮景不再，但見遍地黃葉罷了。

「豈不怪哉？這森林邊何來一座黃葉居？莫非是……」丈夫暗自思忖著，但也許是對妻子的厭怒猶勝過這瞬間的遲疑吧，他只稍作停步，便抬腳跨過約一尺高的門檻，妻子也不甘示弱似地隨之跟進。

仍是丈夫在前，妻子緊隨於後，在兩人的腳下黃葉紛紛碎裂，發出唏唏索索的哀鳴聲。

他們穿過了庭園，再拾步登上台階；或是石階苔滑，或是妻子因為膽怯而腳軟，她「唉喲」驚叫一聲險些滑倒，丈夫並未回顧，他對妻子的厭怒仍然高漲，他逕自走上玄關，衰朽的地板承受不住這帶有怒氣的腳步，噫噫呀呀地大聲抗議著！

他雖走得又快又急，但耳目感官同時也在打量著上下四方，他發現這宅院並非全然黑暗，也非空無一人，暈黃的燈光與清淒的歌聲從廂房傳出，幾個身影在窗紙上穿梭游移著，他不禁停住腳步，倚在窗邊傾耳細聽……

秋風清
秋月明
落葉聚還散
寒鴉棲復驚
相親相見知何日
此時此夜難為情

這詞與曲攪得他心中糾結，他忍不住好奇，從窗紙的破洞迅速窺了一眼，房內的景像令他呆住了——幾位著唐衣的麗人正進行著晚宴，她們肌膚豐潤，服飾華麗，有的輕移蓮步衣袂飄然，有的掩面私語笑聲輕盈，另有一排華服樂伎倚牆而坐，或吹或撫或弄，在牆角站著一位素服歌伎，雖然過遠的距離模糊了她的容顏，但聽其歌聲氣韻攸長，宛轉而淒切——

入我相思門
知我相思苦
長相思兮長相憶
短相思兮無窮極
早知如此絆人心
何如當初莫相識

「絆人心？絆人心？心可能脫困解縛嗎？」如此沈吟間，那歌伎已然一曲唱罷迅即離席了，而方才所激起的小小波瀾也如同雁過長空，了無影跡。

晚宴繼續流暢地進行著。

他掃視全場，最終視線落在那居中而坐的麗人身上，她大概是這場晚宴的女主人吧，其容貌與妝扮更是美艷絕倫，她笑語盈盈顧盼風流，雖端坐於案旁卻掩不住的儀態萬千，其他麗人與之相比只能算是眾星拱月罷了。

「啊！糟了！」他懍然一驚，暗叫聲不妙，女主人似乎發現了窗外的偷窺，她微笑著望著紙窗，其眼波越過杯觥碗盤，越過淙淙樂音，越過穿梭徐走的麗人，朝向窗外的偷窺者婉約而來，當四目交接的瞬間，他如同被雷電擊中了，面紅耳赤，轉身便走。

他急急穿過長廊。

出了長廊，跨過後牆的小門，如同大夢初醒，他猛一回頭，啊！身後那裡有人？妻子為何沒有跟隨在後？他雖然困惑，但因為對妻子的厭怒猶未稍減，索性狠下心，獨自前行。

如此前行了約半里路，耳畔傳來輕碎的水聲。

定睛一看，前方有一池水塘，塘邊有一位姑娘在月光下浣洗衣裳，天上的月光與水塘的月光投射在她月白色的衣裙，再映照在她低垂的容顏上，不同於方才宅院中所見的麗人，這是一張清明柔和的臉孔。

他停住腳步，輕歎一口氣，胸中鬱積的塊壘似也消滅了大半。

「不過，她也穿著唐代的衣裙，莫非也是？」雖然心裡猜疑，但他全無畏懼之意，上前作揖問道：「請問姑娘芳名？」

「小名阿香。」洗衣的姑娘徐徐站起身，施禮回道。

「妳是陽世中人？還是陰間的鬼？」他又問。

對於這冒昧唐突的問話，洗衣的姑娘並不以為忤，她微微一笑，說：「我是人。」

「那麼——」他往身後的宅院一指：「她們呢？」

「您是說夫人嗎？」她抿著嘴微笑著，並不作答。

「我的妻子阿嬌呢？她隨著我進去，卻不見她出來。」

「夫人從來不留客人，除非客人自己要留下。」阿香姑娘稍一停頓：「我想尊夫人是自願留下來的。」

「那怎麼辦呢？她還能出得來嗎？」他開始著急了。

「不，一旦她自願留下，便永遠不能離開，除非——」她深深望了他一眼：「除非是一個人，像你，親自去把她接引出來。」

聽了這話，丈夫突然又怒火高漲了，他心想：「為什麼她自願留下來？她想要離開我？休想我把她接出來！」

在惱怒中，他對阿香姑娘一揖道謝，無言，轉身離去；阿香姑娘默默地看著他，直到他的背影完全消失在黑暗中。

夜更深了，月悄悄移出了水塘。

黃葉居、小徑、森林……，一一沒入了黑暗。

月，繼續在天空行走，它巡行千山萬水，也浸潤了星羅棋佈的城鎮，最後它沈入大海，大海擁它入懷——

天亮了。

七年之後，也是秋天，天色微明。

一對夫妻促急地走在通往某城市的路上，身著長衫的丈夫走在前面，背著行囊，表情木然，妻子則繃著臉緊隨於後，她不停地追問著丈夫：「為什麼？為什麼？讓我等你七年？」

是的，七年了，七年來他時時繫念著森林邊的宅院，每當月光明潔的夜晚，他的思緒總會不由自主地飄回黃葉居，隨著穿梭徐走的麗人們打轉，最終停駐在美艷絕倫的夫人身上，當他深深地沈浸在這流動的華美時，傳來耳際的卻是宛轉淒切的歌聲，那詞與曲道盡了人世與人情的糾縛與虛幻，令他的心陷入深不見底的無奈與絕望。

然後，他的思緒飄離廂房的盛宴，循著月光的足跡，徘徊在水塘邊，他看見一身月白的阿香姑娘在水塘邊浣洗衣裳，而自己則在水塘裡，仰視著那張清明而柔和的面容。

這是夢嗎？

他曾經以為關於黃葉居的種種只是一場綺麗的夢境，但是妻子阿嬌的不在卻給了他當頭一棒。

「要接回阿嬌嗎？」

他一次又一次地審問著自己，這麼多年來，他逐漸悟出了妻子的用心，她之所以留在黃葉居，為的是要試探自己的心。

唉，難矣哉！他不得不然，卻又千不甘萬不願，他蔑視妻子的試探，極力抗拒著妻子的召喚。

隨著月光移動的腳步，一年接著一年流走了，在一個月圓之夜，他的思緒又飄回森林邊，這次他略過宅院，直接來到水塘，他猛然憶起了阿香姑娘的話——「我是人」，以及阿香姑娘深深對視的眼神，他頓時如夢初醒——「阿香姑娘也是等待著被接引的人？」他既驚且喜。

苦苦捱過第二天的白晝，直到天幕垂降了，他背著行囊，步履促急地走在通往森林的小徑上，這路徑原是他所熟悉的，他來來回回於此已不止千百回了；當明月高懸於中天時，他抵達了魂牽夢繫的宅院。

他在門前張望了一番——

金漆横匾，洞開迎客的門，遍地黃葉，宅院幽深，似無聲息，一如七年前之往昔；他舉足跨過門檻，正欲穿過花園與宅院，奔向水塘，猛一抬頭，妻子阿嬌的身影如鬼魅般横擋在前，他驚駭得暗叫一聲，剎時身心俱如灰土。

「為什麼？為什麼？讓我等你七年？」

身後尖厲的質問聲逼仄而來，如一星慘綠的燐火緊緊追著他，他無可遯逃。

當天色大白時，他們終於抵達了城市。

插曲 3

秋天的午後

秋天的午後，一隻雄鼠從成堆的工作中猛然驚醒，他看了一眼手錶，隨即一躍而起——

「啊！已經三點一刻了。」

他拔腿便跑，急急趕赴三點鐘與女友的約會。

他一溜煙地穿過草叢，就像發射中的火箭，以等加速度衝向無垠太空的某一點目標。

這時他已鑽出了草叢，他得橫越馬路，再鑽入馬路另一邊的草叢，和女友阿芳就約在那裡見面。

「她會等我嗎？她會等我嗎？」

這隻雄鼠一心繫念著這可能成空的約會，以至於把過馬路的三大原則「停——看——聽」完全拋諸腦後了。

這時有一輛瞎了右眼的老貨車，正好跌跌撞撞地開到這裡，沒有碰撞聲，沒有發出一聲哀叫，這隻雄鼠四腳朝天地仰臥在馬路上，一切都靜止了。

秋天的午後，三點三十分，一隻名叫阿芳的雌鼠，出現在馬路另一邊的草叢，她和男友阿雄約好的，三點鐘在這裡見面。

她遲到了，因為她突發奇想——

如果愛情的強度可以用時間來測量的話，那麼就從遲到三十分鐘開始吧。

三點三十分，阿芳到了約會的地點，卻不見阿雄的身影。

「只有兩種可能，不是忘記了，就是來了又走了。」

「他怎麼可以不等我？他怎麼可以不等我？」

她既憤怒又失望，她在心裡哭喊著這脆弱的愛情，眼淚奪眶而出。

一個月之後，阿芳和另一隻雄鼠阿政步入結婚禮堂，彼此立下了永恆的誓言；不幸的是，阿芳和阿政的結合，就像是無垠太空中一顆彗星和另一顆彗星的相撞。

阿芳把自己在生活與生命中一切的不順，全歸罪給那次阿雄的失約，每次和阿政大吵一架之後，她總會在心裡詛咒舊情人阿雄——

「但願他被車子撞死！」

「我永遠永遠永遠都不要再看見他！」

當然，阿芳的願望全都實現了。

我來來回回地踱向窗口，觀察著窗外驟密的風雨，颱風——這經常爽約的瘋子，這回竟像一位信守承諾的君子如期降臨了。

「怎麼辦？還能赴約嗎？」我心緒大亂，打開收音機，播音員一遍又一遍、促急地、嚴正地宣告——「已增強為強烈颱風，全國正逐漸進入暴風圈。」播音員，伴隨著窗外的風雨，魔鬼二重唱似的，聯手打擊著我的心，最後還給了我致命的一擊：「X村有隄防潰決之虞，村民應儘速撤離。」

我不禁認真地猶豫了起來，我明白自己是絕對不該出門的，但當放棄赴約的念頭一升起，另一幅想像中的場景就立刻跳了出來——

X村老屋下，一個孤獨等待的身影。

我終於還是冒著風雨去了。

X村早就空無一人了，老屋在風雨中發著抖，搖搖欲墜；我抱著老屋前廊的柱子，任憑猛烈的風雨劈打在身上。

「我得趕快離開，但是——」

「如果她來了，卻沒見到我。」

奇怪啊！我難道不知道她是不會來赴約了嗎？但心裡就只有這麼一個念頭，而這個念頭卻繫於一個極為微渺的可能。

風和雨愈來愈猛烈了，我熱切而焦急的眼眸凝望著路的盡頭，努力搜尋著一個孤獨的身影，在漫漶的視線中，我愈來愈看不清這狂暴的世界了。

遠處轟隆隆作響，浩浩滾滾的洪水向我撲來，寸寸升高，我緊抱著老屋的廊柱，啊！這世界在上升，逐漸離我而遠去——

在城市生活多年之後，我被放逐了。

我被放逐到山上，那是一座上山、下山都難的山。

上山的小路蜿蜒曲折，不容任何交通工具，只能倚靠兩條腿步行，如此一來只能攜帶極輕簡的行李，所以必得對許多身外之物痛作割捨，這是上山的難處。

至於下山的難處呢？其實也沒有什麼具體的原因，只是這麼多年來，從沒見過任何一位上山者從山上走下來。

上山，是城市人共有的夢魘。

上山的日子迫近了，我無所事事，又滿懷離情，我在大街小巷到處打轉、流連、徘徊、回憶，我站在某個街角傻笑，或癡坐在咖啡館流淚，我緊緊握住朋友們的手，他們卻都尷尬地縮了回去。

我的心，我的情，我的物件，散置在這城市遍處，一樣也收不回來了，而這座城市卻對我冷著臉，它對我的離去無動於衷。

我終於明白了，自己的存在就如同腳下的落葉，它們被無情的風驅趕到牆角，三五天之後將永遠消失於城市的記憶中。

一旦發現自己一無所有，我的心反倒沉靜了下來。

出發的日子終於到臨了，在蒼茫的暮色中，我悄然告別了城市。山路並沒有想像中的難行，而且我的行李輕簡，所以走得頗為輕快；夜色很快就降臨了，沒有月亮，也不見星光，四週闃黑而且寂靜，唯一的光源是我手中的電筒。

如此行走了大半夜，我逐漸發現自己可能不是孤獨的行者，從身後傳來細碎的輕響，原疑是風吹樹林，又疑是溪澗低鳴，待我停住腳步傾耳諦聽，卻是腳步聲與交談聲，我站在路旁稍等片刻，果然看見在黑暗中隱約現出的兩個人形，一大一小，應是一對母女吧，母親年約三十歲，略顯清瘦，小女孩只有三、四歲的模樣，小女孩走累了，吵著要母親抱，母親雖欲抱起女兒，但兩手提著行李，我見狀就走上前抱起小女孩，年輕的母親很是過意不去，因為她看見我的手上也提著行李——

「沒關係，我寧可丟掉行李。」我笑著說。

於是我們三人在黑暗中同行，雖然素昧平生，一路上也鮮少交談，卻感覺是十分熟稔了。

在不知不覺間，天上的濃墨逐漸散失，月亮與星星棋佈於天空，這條山路愈來愈清晰可見了。

當黎明降臨時，我們抵達了目的地。

山上有一處避世而居的村莊，村人尚不滿百，是我往後的居留地；這村莊向來沒有一絲波瀾，當我們三人走進時，村人見到我們，只對我們微微一笑，並不言語，也絲毫沒有驚訝的表情。

我們行經一座古舊而雅淨的府第，門楣上懸著一塊橫匾，上書「陸府」兩個大字，年輕的母親在此停住了，指著這府第對我說：

「陸姓與袁姓是山上的兩個大姓，我來自其中之一，這兒就是我家。」見我還是迷惑不解，她又說：「十年前我下了山，在城市裡尋找自己的歸宿，過著城市人的生活，但十年來我總是茫茫然，我想我是少了一顆心，我的心是留在山上了，所以我帶著女兒回來。」

當她述說往事的時候，神情平靜而祥和，一如山上清新的空氣，令我深深浸潤於其中。

我告別她，在不遠處的袁府住了下來。

在以後的悠悠歲月，我遂以日影計時，中午以前我總在陸府盤桓半日，而下半日呢？我從簡單的行李中拿出文房，在硯池上磨出一圈又一圈的墨跡，濡濕了毛筆，我如此寫道——

侶猿猴兮友麋鹿
山崔巍兮任逍遙

日復一日，下山的念頭逐漸消逝了，我磨出的墨跡也愈來愈稀淡，最後墨跡像紙一樣的白，最後連白也失散了，於是我寫字在雲上，寫字在空氣中。

最終，我也成為了山的一部份。

HUNG-YUN KUO

一位垂死的老人請求上帝——

「讓我進天堂吧！」

「可以，但是你想進哪一個天堂呢？」

「難道天堂還不止一個？」老人驚訝地問。

「是啊，很多種不同的天堂，看你的需求而定。」上帝笑著回答。

「嗯，那麼，我想進的天堂，堆滿了金銀珠寶，樹上叮叮噹噹地掛滿了綠寶石、黃寶石、紅寶石……」老人說。

「沒有問題，沒有問題，恰好就有這麼一個，而且選擇進這個天堂的人還蠻多的呢，不過我還是提醒你一下，那裡沒有食物唷。」

「怎麼會沒有食物呢？太奇怪了，我要進一個有很多珠寶、又有很多美食的天堂。」

「你的要求倒也合情合理，而且恰好就有這麼一個天堂。」

「太好了！太好了！我現在就想去——」

但這老人突然改變了心意，他小心翼翼地請問上帝：

「等等，有沒有一個天堂充滿著金銀財寶、可口的食物，還有許多漂亮的女人？」

「有啊。」

「那麼我想進這個天堂。」

不過，根據之前談話的經驗，他又有些猶疑——

「這個天堂是完美的嗎？」

「你在這個天堂將會擁有無窮的財富、享受各種各樣的美食，還有無法計數的美女，但是你會變老，你會死——」

「那我不要！」

老人蒙著臉大叫——

「我以為的天堂是吃、喝、玩樂享用不盡，而且永遠不死，永遠不老，如果不是這樣，我乾脆下地獄算了！」老人好失望。

「別氣餒，你要的完美天堂也是有的，雖然你還不夠資格，不過我特准你進入。」上帝慈悲地說。

「真的嗎?那太好了！」老人高興地哭了起來。

「不過，在那個完美的天堂裡，就只有你一個人喲！」上帝說。

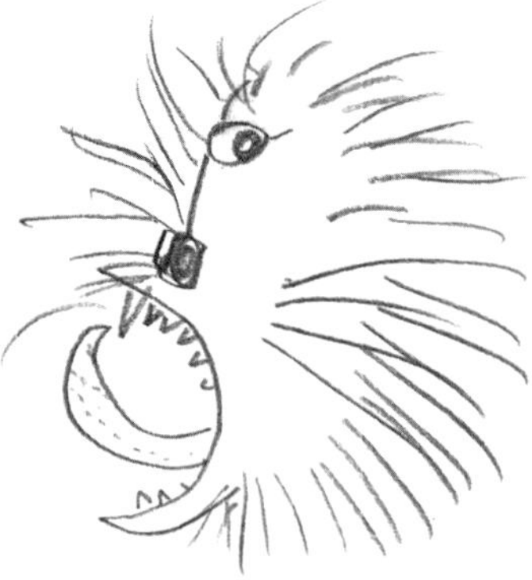

打開辦公室的門，我和朋友談笑著走了進去。

當我們看到辦公室裡的不速之客時，兩人都愣住了，誰想得到呢？辦公室裡蹲坐著一隻獅子，一隻公獅，一隻正打著呵欠的公獅。

門還開著，而我們卻呆立原處，寸步不敢移動，如兩尊死寂的彫像。

時間像隻蝸牛慢慢慢慢地爬著，不知道時間究竟過去了多久？也許是三十分鐘，也許只是三分鐘，也許——

時間在這裡凍結了。

這隻獅子，接二連三地打著呵欠，偶而也分神看看我們。

牠從那裡來？

牠到底打著什麼主意？

想吃掉我們？

還是根本沒把我們放在眼裡？

每個下一瞬間，都可能是死亡；每個這一瞬間，都在等待著死亡；我們全部的生命，都籠罩在對死亡的恐懼裡。

這是一場惡夢嗎？惡夢總會在緊要關頭戛然而止，可是——

或許是被我們的恐懼所感染了，獅子終於停止了呵欠，目不轉睛地瞪著我們。

完了！完了！新的形勢更不利了，原本還可能趁牠睏倦時溜走，但現在既已引出牠全部的注意力，溜走似是絕無可能了。機會在猶豫中溜走了。

在灰燼中，一縷希望的火苗悄然升起。

「我和朋友加起來是兩個人，而獅子卻只有一隻。」我如此想著，於是輕聲對朋友說：

「你慢慢後退，如果牠撲向你，我就抱住牠。」

「不行，我不能讓你冒險。」朋友堅決地說。

「你聽著，與其活在對未知的恐懼裡，我寧可以生命作賭注，打一場轟轟烈烈的仗，如果我死了，不是死亡選擇我，而是我選擇死亡，讓我們來賭一次吧。」我的聲音顫抖，幾近於哀求。

朋友臉色灰白，他略一遲疑，然後緊咬牙關，輕移腳步，徐徐後退，而我則像一隻如臨大敵的貓，弓著背，緊握雙拳，隨時準備撲向蠢動的獅子。

時間不再凍結了，它開始輕緩地流動。

朋友退出了辦公室；在他之後，我也安全地退出了。

在我關上房門的那一刻，我望著獅子，獅子也望著我，牠搖幌著大腦袋，一副困惑不解的神情；然後，牠打了一個呵欠，一個又深又長的呵欠，露出白森森的利齒；在呵欠之後，牠揚起尾巴，在空中甩了一個大圈，再從鼻子吐出一口長氣，軟綿綿地蹉伏在地上，閉住睏倦的雙眼，睡了。

這是我讀過的最驚悚的小說。

由於它的詭異與絕望，讀完之後我就立刻把它扔掉了，不，我絕不讓它待在我的書櫃裡。

十幾年過去了，我對它的記憶逐漸模糊了，但奇怪的是，那是一種清晰的模糊，它攀纏在我記憶的深處，陽光普照時，它是我身後亦步亦趨的影子，當夜晚的黑暗降臨時，它是暴虐的主子，對我的身心橫施虐待。

我了解了，模糊的是它的細節，而清晰不散的是它的情境。

這是誰寫的小說？是誰營造出來的情境？由於它的風格類似於中南美洲的魔幻寫實，因此最有可能出自於那位百年孤寂的馬奎斯之手

——

一位貴婦，在和丈夫大吵一架之後（至於為什麼吵架？不忠、乏味、財務……所有的那些可能的理由），她狂亂地開著汽車奔馳，直到汽車引擎冒出白煙（或是汽油燒完了），停住了，在一座陌生的森林裡，這時是黑夜，她又渴又餓又累又驚恐，四下張望，從森林的深處露出微微的燈光，她循著燈光走去，找到一座有著圍牆環繞的大宅院，她按了門鈴，門開了，走了進去。

那是一座精神病院，醫護人員看見她一副狼狽的模樣，認為她是精神病人，雖經她百般解釋均屬無效，最後她要求打一通家裡的電

話，但詭異的是連家裡的電話也是空號，於是她更被確認是精神異常，身上的華服珠寶悉被剝除，穿上病服，關入病房，從此她再也沒能回到她所熟悉的世界。

想想看，一個正常人卻被關在精神病院度過餘生，多麼可怕，徹底的絕望。

昨晚我讀了海涅的文集，這位文采燦然的才子這麼寫——

生活實在太甜蜜有趣，而世界又亂得這樣可愛，它是一個醉酒的天神所作的一場夢。這位天神悄悄地溜出法國式的群神歡宴大會，去躺在一個孤零零的星球上面，自己也不知道，竟然把他夢見的一切全都創造了出來，這些夢幻的產物常常塑造得光怪陸離、荒誕不經，有時也塑造得和諧圓滿、合情合理……但是好景不長，天神一覺睡醒，揉揉惺忪的睡眠，微微一笑，我們的世界便化為烏有，可不，它從來都沒有存在過。

海涅真是一位可愛的天才，相形之下，魔幻寫實大師馬奎斯不啻是一位暗黑的天才。

現在，又出現了第三位天才，也就是在下我，不過你也可以稱我為怪物或是瘋子。自子夜起，我就一直意圖為馬奎斯（？）這篇小說編製續篇，後來竟無法抗拒地滑入了這場可怕的夢境——

其實，這精神病院裡的正職醫護人員早就被幹掉了，現任的醫護全由病院裡的重度精神病患接手，由他們來判定正常或不正常，以及精神病程度的輕重。

那位美麗的貴婦被判定為重度精神病患，她日日夜夜搥打著病房的門，嚎哭著：「放我出去！放我出去！……」

她被禁錮在斗室度過餘生，她的氣一點一點地洩去，直到最後剩下一張皮囊癱軟在地面上。

不要誤闖啊！精神病院，但假如你已經走了進去——

插曲7

安魂彌撒

在晚上就寢前，我播放著莫札特的安魂彌撒曲，然後躺在床上，假想著自己在生與死之間徘徊——

一位天堂使者出現在我的床前，十分嚴肅地對我說：

「起來，起來，走吧。」

「去哪？」

「天堂。」

「不要！」我大聲拒絕祂。

此時，安魂彌撒正進行到繼抒詠的末日經(Dies irae)：

那一天震怒之日
這世界將化為灰燼
如同大衛與女先知的預言
人們恐懼顫抖
那時審判將會來臨
嚴審世間事物——

我與天堂使者，在男聲與女聲激亢的輪唱中大聲爭辯，彼此拉拉扯扯。

正當難分難解之際，觀世音菩薩也聞聲而至了，祂表示要接我去西方淨土，我也大聲喊：「不！」我瞧見祂皺了一下眉頭；然後，我素所敬愛的月光菩薩竟然從天而降，祂奉命接我去東方琉璃光世界，當然我也斷然拒絕了；在這場鬧劇中，最後翩然而至的是地獄使者，一位藹然的老紳士，他長得還真像傳說中的浮士德博士呢！

唱針咚地一聲歸位了，安魂彌撒的上半場結束，四方神聖俱消失於虛空中。

我鬆了一口氣。

門鈴響了，我掙扎著起床去開門，門口站著兩位官員：

「你又老，又孤獨，政府要送你去養老院。」

「不——！」

不顧我的吶喊，他們一左一右挾持著我，把我送去了瘋人院。

插曲8

長短腳

他躺在骨科的診療床上。

醫生站在床邊，一臉嚴肅地盯著牆壁燈箱上的愛克斯片。

他六十歲了，從小走路就是一跛一跛的，稍不小心還會失衡向前傾倒。

人們說這是長短腳。

由於異於常人的走路姿態，他從小就得忍受別人的訕笑、排斥、欺負，著實吃了不少苦頭；現在年齡大了，同輩的朋友們至少還能維持住表面上的禮貌，其實內心裡還是不免視他為異類，舉凡喜慶、宴會、登山、旅遊，都儘量瞞著他。

多少年來，他的家人一直苦口婆心地勸他去醫院檢查矯治，或動個外科手術截長補短什麼的，但他始終相應不理，逼急了還會大發雷霆。

他早已習慣了自己。

他不曾喜歡過這個世界，身為異類，行走於這個濁惡的人世，他反而喜歡那種有如烈士般的悲壯感。

但在一個月之前，他突然改變了一向的想法。

那天在大賣場的入口處，他走得匆忙，身體晃動得厲害。

「哈哈哈，那個人好好笑喲！」

一個黃毛小孩用手指著他，他又羞又惱。

他原本指望簇擁著小男孩的爸爸、媽媽、祖父、祖母會大聲喝斥這種無禮的行徑，但他們非但沒有，還隨著小男孩的手指望著他，臉上帶著詭異的微笑。

「好沒教養的一家人！」他惡狠狠地瞪了這家人一眼。

自從在大賣場嚴重受創之後，他開始積極打聽關於骨科就醫的事。

「奇怪——」醫生終於打破了沈默：「從愛克斯片看來，你的兩腳骨骼是正常的，膝關節和踝關節略有磨損，筋有些發炎，不過以你的年紀看來，這是長期使用下來的正常損耗，是物理，不是病理。」

「拿一條皮尺過來。」醫生轉頭對護士說。

在測量了病人兩腿的長度以及各部位的圓周之後，又仔細審視了兩腿的外觀，醫生終於宣布說：

「以骨科觀點來看，你的兩腳和正常人一樣地正常。」

「那——那——那為什麼？」他張口結舌。

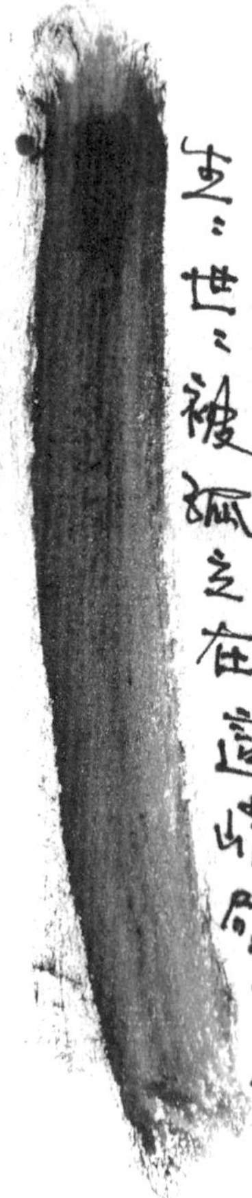

生生世世被孤立在這峭壁之上

六百餘年前，祖先們從大陸乘著木船度過大海，來到這島上定居，他們胼手胝足，披荊斬棘，在奉獻了畢生心力之後，一個接著一個倒下，長眠於斯島。

子孫代代繁衍，駕著木船，隨風逐浪，往來於近處、遠方的海洋與陸地，他們與祖先所從出的故土仍然維持著密切的聯係，同時也與世界上所有大大小小的港口進行著熱絡的交易，島民享受著精神與物質上雙重的豐裕。

有一天夜裡，當島上所有的居民正在酣睡之際，大自然發生了異變，地心張開口，大量吞沒海水，海平面陡然下降，約有三、四千尺之深。

第二天清晨，島民醒來，發現船不見了，海水不見了，他們困惑地走到港灣，四下張望，引來一陣眩暈，原來的泊船處現在竟是壁立千尺的懸崖峭壁。

他們頓時清醒於自身所處的困境——遺世獨立，被隔絕在高突於海面的一座孤峰上。

有些人瘋了，跳下懸崖，逃離了困境；另些人則試著爬下懸崖，但結局與前者相同；絕大多數的島民還頗能認份處順，他們重新開始，自耕自食，活著，繁衍子孫，製造木船，排列在懸崖邊，等待著海水的再次升起。

島上曾經出現過一位先知式的人物，他如此預言：

「在某一天的夜裡，海水將會上升，但為時甚暫，只有一個晚上，第二天清晨海水將再度退下；這是你們離開孤島唯一的機會，因此要警醒啊！每一個夜晚都要警醒！」

這位先知也沒能等到海水的升起，他走了，他警世的預言就刻在墓碑上，也刻在每一位島民的心裡。

百餘年過去了，海水了無動靜。

每天黃昏時，我總是獨自走到懸崖邊遠眺，我看見天空與浮雲，我看見穿過雲層的萬丈霞光，我看見夕陽一寸寸地沈落在幽深的黑暗裡，但是我望不見大海。

我渴望離開這乏味、令人絕望的孤島。

返家時，我的內心是雙重的絕望。

有一天夜裡，我作著夢，夢裡響徹著大海如巨雷般的轟鳴——我突然醒來，傾耳凝聽，啊！海的呼嘯不是在夢裡。

我披上外衣衝向懸崖，一路上我不只聽見了大海的轟鳴，我還嗅到了海水的鹹腥，海的冷冽讓我全身打哆嗦，它一波波地捲向我，打濕了我的衣服，我向它歡呼，而它卻聽不見。

我奔回居住的村寨，敲著銅鑼：

「海水上升了！海水上升了！」

但所有的人都酣睡不醒，如同海水消失的那個夜晚。

我獨自回到懸崖，不，是港灣，跳上一只木船，拼命搖著雙槳。

「我要離開這裡！」

這是我唯一的意念，海浪把我高高地舉起——

今年不是太平年，地震頻頻。

在3C賣場出現了一位中年男士——

「我要一支智慧手機，有衛星定位功能的那種。」

店員從玻璃櫃中拿出最新的一款，向中年男士說明使用的方法。

十分鐘之後，他爽快地付了錢。

從那天開始，他手機不離身，連晚上睡覺時也緊握在手。

一個月之後，夜裡發生了可怕的七級地震，建築物摧枯拉朽似地倒塌了，他被埋在磚石之中，還活著。

「好在有這支衛星定位的智慧手機，他們很快就會找到我。」

他耐心等待著，直到斷了氣。

因為在磚石之中，擁有智慧手機的人太多了。

在這個島上，一切情況都失控了。

當時我正站在講台上，講著中國近代史，教室三面環窗，窗外擠著鼓噪的人群，其中有一些原是我所熟悉的，他們是學生的父母，平常對我畢恭畢敬的，但現在卻像是不認識我了，眼睛發出兇暴的目光，他們叫囂著，不讓我講下去，要轟我下台。

學生們冷漠地看著我，我勉強撐了一會兒，我的聲音全被周圍的鼓噪聲淹沒了；我終於下了台，狼狽地走出教室，若再晚一步離開，照這沸騰的情勢看來，我必將死於暴民的拳腳之下。

我低著頭，快步走在路上，途中遇見好幾批暴民，在混亂中我的左腹部被一支短刃刺了一刀，我用手摀著傷口，連看一眼的時間都沒有，我加快腳步奔逃，血染紅了我左邊下半身。

有一位老婆婆見我受傷不輕，她攔住我，好心告訴我如何逃命，她說：「你們的人都聚在那裡。」

我們的人?遵行著她的指示，我果然找到了我們的人，但人數少得可憐，我們倚一座寺廟為後背，在其餘三方堆築沙包，直到沙包堆得有半人高了，每個人都被分配到一支槍，幾發子彈，大家心裡都明白：這是一場毫無希望的戰役。

我們倚在沙包上等待著，沒有人交談，四週是出奇地安靜，如同置身於真空中。

約近黃昏時，自遠方傳來腳步的雜遝聲，這雜遝聲愈來愈逼近，他們來了！我們被不計其數的暴民團團圍住，子彈如雨落，我發射了幾顆子彈之後，突然一陣劇痛，便失去了意識。

等我醒過來時，已經是黑夜了。

我俯臥在地上，回轉頭，看見明月高懸，一隻黑貓站在寺廟的屋頂上，喵~叫了一聲，便不見了蹤影，這時吹來一陣輕風，那黑幢幢的寺廟竟應聲倒地，化為一堆火焚後的灰燼。

四週闃黑無聲，我站起來，離開了我的身體。

第六幕　異世界

甲蟲人

有一天，我從夢中驚醒，發現自己變成了一隻甲蟲。

雖然我穿著甲冑，但完全不能保護自己脆弱的內在。

人們，包括我的家人與朋友，帶著一種嫌惡的表情，拿起書架上的書，一本一本地擲向我，書散落一地，我躲在書的縫隙中喘著氣。

「但那些拿書扔我的人才是甲蟲！」

沒人聽得見我的呼喊，因為我失去了聲音，而甲蟲人根本聽不見來自心靈的聲音。

人們容不下我的存在，他們在書堆裡東翻西揀，我嚇得西逃東竄，在混亂中，一只拖鞋飛了過來，擊中了我的右半身軀，緊接著「拍」的一聲，我在劇痛中暈了過去——

一隻攀木蜥蜴？

不，是蜥蜴人，是蜥蜴與人的合體。

其數量眾多，與人類混同。

我曾經看過一個，那是在台北忠孝復興捷運站。

當時我搭著電梯上行，注視著迎面而來下行的人群。

那時是下班時間，人很多！

我突然注意到對面人群中有一位妙齡女子，讓我恐懼，沒有緣由的恐懼。

我不免多看了她幾眼，天啊！她竟突然伸出長舌（約有六英吋），我原以為她要吞食的是我，但她捲走的是一隻蒼蠅。

我虛驚一場，等我步下電梯，轉身回望，她已消失在人潮中。

蜥蜴人混跡在人群中？這想法著實讓我不安。

究竟誰是蜥蜴人呢？如果某個人總是喋喋不休，飢不擇食……不，這些都不是很精準。

當四週圍蚊蠅嗡嗡作響，蜥蜴人按捺不住自己的根性，會猝不及防的吐出六吋長的舌頭，那時候你就知道了。

也許就是你的枕邊人。

但是，別太擔心，只要你不是蒼蠅、蚊子與人的合體，原則上你是安全的。

豬頭皮

在我們這個時代，人類已經不再純粹了，至少有兩種人——真人與豬人。

真人？就是上帝依據自己的形象所創造的、血統純正的、真正的人，號稱萬物之靈或靈長類之長，在人類學上的正式名稱是智人(Homo Sapiens)，屬靈長類人科人屬。

豬人呢？那是在前一個時代的實驗室裡，混同改造人與豬的個別基因而產生的新品種的人類；由於這是一項不公開的祕密，學術界並未給予正式的名稱與歸類，在此姑且稱為次人類吧。

科學家為什麼要這麼做？

是一時興起的惡作劇？

還是一次意外的失誤？

還是為了要印証遠古半人半獸神話傳說的真偽？

由於時代久遠已無從查考，至於說究竟是哪一個生技實驗室闖下的滔天大禍？迄今為止沒有任何一個實驗室承認乃自己所為，即便是找到了始作俑者，也無能改變既成的事實。

自從第一個基因改造的次人類走入人群之後，就像一滴墨水落入一杯清水，經由悄無聲息的混合、挪移、暈染、擴大，就再也收不回原先那滴墨水了。

豬人與真人在外貌、生理與智能上幾乎完全相同，喜、怒、哀、樂等情緒與心理反應也如出一轍，不可能憑藉肉眼、嗅聞、觸摸……

這些低階的感覺器官分辨出二者的不同。

那麼豬人和真人的差別究竟在那裡？

基因混同的結果，人類的遺傳基因佔有絕對的強勢，它攻城掠地，佔據了幾乎所有的江山，因此豬人在在顯現出人的外貌、人的生理以及人性的特質。

在人類基因的強勢壓境之下，豬的基因含藏隱伏，雖是弱勢基因，但還是佔有了一塊小而美的領地——前額上方直徑約五公分的圓形區塊，皮層厚而粗糙，著生濃密的黑色短毛，這塊圓形地帶被視為祕地禁區，平常以一頂假髮遮覆，在外觀上豬人與真人完全無異。

「你是真人？還是豬人？」

沒有人會如此發問，即使是面對著好友，或是情人。

「為什麼我們是——？」

子女也不會如此追問自己的父母。

這是社會文化與家庭倫理的重大禁忌，沒有任何人膽敢觸碰；但在內心的深處，卻不免時時猜疑著舊識、新交、同事、擦肩而過的行人，或是任何人——

「他（或她）是真人？還是豬人？」

一條隱微幽深的暗渠，流貫在人與人之間。

這是一個昏暗的房間，地面鋪著陳舊的木板，三張床各自倚著一面牆，一張方桌居中而立。

垂降自天花板的鎢絲燈泡亮著，在昏黃的燈光下，姐弟三人圍坐著方桌吃著晚餐，這是最快樂的時光，三個人談談笑笑，分享著這一天裡所發生的種種趣事。

由於父母早逝，身為長姐的她，在市區某巨富的宅邸作為幫傭，供養兩個弟弟上學讀書；由於她聰慧穩靠，得到宅邸一家人的信任，很快便被升任為總管一職。

但在今晚餐桌上的姐弟分享，她卻特意避去了一段——

今天下午，正當她在洗衣間忙得團團轉時，大公子與二公子一起出現在洗衣間，對她說：

「我們想邀請你參加星期六的舞會。」

那是每個月一次在宅邸舉行的舞會，都是公子與小姐的年輕朋友來參加，為了舞會她總要前前後後忙上好幾天，當舞會如酣如痴地進行時，她卻只能遙聽著流出的音樂聲，遠望著窗口幌動的人影。

「說話呀，你答應嗎？」見她沒答腔，兩位公子不免著急了起來。

「嗯，我沒有參加舞會的衣服呢。」她低聲說。

「那沒問題，向我們的妹妹借一件便是了。」

兩位公子鬆了一口氣，熱心地領著她，從妹妹的衣櫃裡選了一件，當然妹妹也極為樂成其事。

那天晚上，當她刷洗著晚餐的盤碟時，心裡回想著下午的這一段，臉上漾起了微笑——

啊，舞會，那是她長久以來可望卻不可及的。

週六，從中午開始，穿著華服的年輕男女陸續進入了宅邸，從客廳不斷傳出笑聲與喧鬧聲，男僕與女僕端著美食與飲品穿梭於其間。兩點鐘，主人宣布舞會正式開始，舞池儷影雙雙，兩位公子頻頻望向門口——

「為什麼還沒出現？她會來嗎？她後悔了嗎？」兩位公子心裡著急，卻還得強顏歡笑去招呼其他賓客。

突然，逐高的聲浪凍結在空中，賓客們莫不睜大了眼、張著嘴，驚詫地看著同一個方向——

「啊！來了！來了！」兩位公子歡呼著。

她終於出現在門口，定在那裡不動，似乎正猶豫著是否再往前跨進一步，她穿著一件水藍色的禮服，風姿綽約，她讓每一個人的眼睛為之一亮，她是全場最晶亮的一顆星星，其它眾星全因之而黯然失色。

兩位公子大喜，一左一右，牽她入場，音樂響起，他們翩翩起舞，羨煞了所有的人，一曲舞罷，其他的男賓立刻搶著邀舞，女賓們全都被冷落在一旁。

「從來沒有過的侮辱！」

「簡直是奇恥大辱！」

「她是誰？怎麼從來沒見過？」

女賓們集在一起竊竊私語，憤憤不平，她們不懷好意地合謀，要狠狠地捉弄一下這隻不知來自何方的狐狸精。

在中場休息時間，她被眾男賓簇擁著，當行經一根圓柱時，從圓柱後突然伸出一隻粉嫩修長的手，猝不及防地抓了一把她的長髮——

「啊！天哪！」

在驚呼之後，接著是長達一分鐘的死寂，然後是眾男眾女的爆笑聲——

「豬頭皮！」

「豬頭皮！」

「是豬人，是豬人哪！」

「把她攆出去！」

兩位公子怒不可遏，他們紅著臉，一左一右，把自己邀來的女伴拖出會場。

女賓們大笑，紛紛把手裡的物件擲向這位狼狽的女孩。

羞慚的她再也承受不住了，她失去了理智，如一隻凶性大發的野豬，咆哮著，拉扯著……，在一陣混亂中，兩位公子的假髮竟被扯了下來。

驚呼之後，是一陣死寂，然後爆笑聲如洪水般地湧來——

「也是豬人！」

「趕出去！」

男賓們一擁而上，抓住兩位現出原形的公子，他們糾打成一團，場面混亂極了，等到喧嘩之後塵埃落地，每一位參戰的男賓都被扯掉了假髮，現出了額頭上的那一塊豬頭皮。

現在輪到女賓們大笑了，惹惱了男賓，於是男賓、女賓大打出手，當他們鬧夠了、累極了，全倒在地上喘著氣——

這個世界就此宣告滅亡了，全是豬人，沒有一個是真人。

閉幕

夢者的獨白

我在夢裡創造了這個世界，
而我自己也在夢裡——

讀《莊子・大宗師》，有一言：「古之真人，其寢不夢。」晉代郭象如此作解：「其寢不夢，神定也。」心神寧定，無有妄想貪念，故夜寢無夢。

為此我描畫過一幅「至人無夢」的畫，深藍色作底，黏附著一些散漫的思緒；後來曉得了自己的淺陋——如何以形色來表達那種無形無色的境界呢？所以我扔掉了那幅畫。

但我扔不掉我的夢。

我是個好作夢的人——子夜夢、清明夢、白日夢、長夢、短夢、好夢、惡夢、不好不壞的夢、清晰的夢、朦朧的夢……，在夢世界裡，我扮演著不同的角色，有時自為主角，隨波逐流，陷落得很深，有時則作為傍觀者，靜觀情境的跌宕轉移。

大宗師之視我，是妄念紛馳、貪慾迭起的癡人吧？但癡人不是我為唯一，莊周作蝴蝶夢，孔子作周公夢，呂純陽作黃粱夢，唐人筆記小說裡的南柯夢，不都是夢嗎？而且俱是因夢而了義開悟。

既然如此，我這癡人也來說點夢話吧！在人生的舞台上，我鋪陳了如上十八個夢，長短不一，品類各異，別分為六幕——

第一幕：琉璃

夢於我的大學時代，彼時的我常漫行於宿舍廊前的步道，苦思著這場奇特的夢境（偶而也會瞥見走廊上那雙迷矇的眼睛）；直至晚近，讀誦了《心經》與《維摩詰經》，如在心頭點亮了兩盞明燈，稍有所悟，方能執筆寫下呈現在諸君眼前，悟或不悟？何所悟？全看個人了；從黑髮到白首，我來回在這條步道上，竟耗去了整整四十年的光陰。

第二幕：黃葉居

夢於三十四年前的一九八四年，夢醒後當即記下，此後每隔兩三年，我總要回到這場夢境裡細細玩味，常致流連忘返；我發而為文，不間斷地增刪潤色，令它愈為細緻幽微；若為輪迴轉世，我揣想著自己往來於這月光森林，或已不止於千百回了。

第三幕：山

安身立命是生命中的大事與難事，行走於紛繁變幻的人世，既進不去，也出不來，直到被貶放上山，度過心靈了暗夜，日與猿鹿等大自然為伍，終歸依於無邊無際的虛空。

第四幕：精神病院

荒謬而光怪陸離的存在困境，永遠不得救贖的絕望，無聲的吶喊，惡夢中的惡夢。

第五幕：孤島

巴斯卡（Blaise Pascal, 1623-1662）說：人類是一隻蟲子，藉著頭頂上的一盞小盞，匍伏著在黑暗中前進，他只看得到自己眼前的那小小的光點，以為那就是世界。

但你站了起來，你看見了廣闊的世界，你將如何出脫陷入的困境？

第六幕：異世界

其中之〈豬頭皮〉，持筆演繹這場詭異已極的惡夢，已達二十餘年之久，結果它愈長愈大，成為一頭巨獸，而且還在繼續增長中；尤其詭異的是，這頭巨獸愈來愈逼近我們了！惡夢恐將成真？或已然成真？朋友們莫不催促我趕快定稿，於是我乃劈荊斬棘、化繁就簡——甲蟲人、蜥蜴人、豬頭皮，不就是我們共通的惡夢嗎？

現在，你醒了嗎？啟幕人問。

我醒了，醒在另一個夢裡——

但我們終將要醒來——

醒於真正的醒，從層層疊疊的夢中——
靈魂不再飄泊，
因為我們到家了。

作　　者　郭鴻韻
編輯設計　八正文化
版　　次　2018 年 4 月一版一刷
發 行 人　陳昭川
出 版 社　八正文化有限公司
108 台北市萬大路 27 號 2 樓
TEL/ (02) 2336-1496
FAX/ (02) 2336-1493
登 記 證　北市商一字第 09500756 號
總 經 銷　創智文化有限公司
23674 新北市土城區忠承路 89 號 6 樓
TEL/ (02) 2268-3489
FAX/ (02) 2269-6560

歡迎進入～
八正文化　網站：http://www.oct-a.com.tw
八正文化部落格：http://octa1113.pixnet.net/blog

國家圖書館出版品預行編目（CIP）資料

夢裡尋夢 / 郭鴻韻著 . -- 一版 . --
臺北市 : 八正文化 , 2018.04
面；　公分
ISBN 978-986-91984-6-2（精裝）

855　　107004224